KB180888

한국 희곡 명작선 127

염쟁이 유氏 (1인극)

한국 희곡 명작선 127

염쟁이 유氏 (1인극)

김인경

평민사

김인정

염쟁이 유氏(1인극)

등장인물

유씨

때

어느 날, 저녁에서 밤

곳

유씨의 집

무대

한 가운데에는 병풍이 쳐져 있다.

병풍의 좌우로 유씨의 작업대와 쉴 공간이 있다.

곳곳에는 관, 종이꽃 , 완성되지 않은 꽃상여, 곱게 접혀 있는 수의, 각종 크기의 삼베천, 칠성판, 짚세기, 향로 등 장례식에 쓰임직한 갓가지 것들이 차곡차곡 쌓여있거나 혹은 무질서하게 흩어져 있다.

한쪽에는 흰 천에 덮인 시신이 한 구 놓여있다.

조명이 들어오면 유씨가 하얀 꽃이 담긴 꽃병을 들고 나온다.
탁자에 놓고 앉으려는 순간, 핸드폰 벨소리가 울린다.
유씨, 핸드폰을 꺼내서 이리저리 방향을 바꿔가며 짜증을 낸다.

유씨 제기랄! 이게 왜 안 터지냐구. 꼭 밖으로 나가야 통화가 되니, 전화 올 때마다 성가셔서 살수가 있나. (관객들에게) 거 핸드폰 있는 사람 나한테 전화 좀 날려보셔. 0-1-0-4-3- (핸드폰을 꺼내는 관객이 있으면) 어허! 이거 봐, 이거 보라구… 내 이럴 줄 알았다니까. 이런 자리에 오면 핸드폰 죽이는 거, 이거 일반상식 아녀? 얼른들 꺼! 진동도 안 돼! 게다가 지금 이 자리가 예사 자리여? 죽은 사람 염하는 자리여. 염이 뭐여. 관으로 들어가기 직전의 장의 절차 아녀. 그러니까 저기 놓여있는 게 바로 시신이여. 시체! 왜 겁나? 죽은 사람이 무섭긴 뭐가 무서워, 산 사람이 더 무섭지. 송장이 사기 치는 거 봤어? 송장이 사람 죽이는 거 봤냐구. 죽은 사람이 산사람 해코지 하는 법 없으니께 걱정들 꽉 붙들어 매셔!
내가 왜 이렇게 자신만만하냐구? 말하기 좋아 허는 놈들이 그러데. 사람이 죽어야 유씨가 살지. 유씨가 누구냐구? 나여. 내가 바로 염쟁이 유씨여. 그나저나 이 양반은 왜 여태 안 오는 겨? 약속을 했으면 지킬 줄을 알아야지, 에잉!

유씨, 주위를 두리번거리다가 누군가를 발견한 듯 한사람을 가리

킨다.

유씨   잉? 거기 앉아 있구믄. 왔으믄 왔다구 인사를 혀야지. 거기 그렇게 널브러져 앉아 있으면 어떡하나? 아, 글씨 이 양반이 일전이 나를 찾아와서 넙죽 절을 하더니, "제가 으르신 존함은 여기저기서 많이 들었습니다. 이참에 염하는 것을 취재해볼까 하는데 제발 내치지 마시옵고 저를 받아주시길 앙망하옵니다." 이러더라구.

그래, 내가 "허구 많은 일 중에 하필이면 죽은 사람 염하는 일을 취재헐라구 그런대유?" 하고 물으니께, "전통적인 장례절차가 한국인에게 죽음에 관해 어떠한 심리적 사회적 영향을 미치고 있는가를 정치경제적으로 고찰하여, 그 연구결과를 다시금 긍정적인 세계적 문화유산으로 피드백 시키는 것을 적극적으로 검토해보려고 합니다." 이러는 겨.

말은 유창하고, 뭔가 고상한 것 같은데 나 겉은 늙은이는 당최 한마디도 못 알아 먹겠드라구. 그래서 내가 그냥 인간적으로다가 그랬지. "기냥 가셔!" 그랬는데도 언제든 마음이 변하면 찾아달라고 연락처를 남기고 갔는데, 아직도 그 마음 변함없나? 말 놔두 되겠지? 내가 왜 자네한테 연락을 했느냐믄, 오늘 하는 염이 내 마지막 염이거든. 왜냐구? 뭐 그냥 이제 근력두 딸리구. 이번 염을 앞두니께 당체 심사가 어지러워서… 너무 많이 캐묻지 말어. 아무튼 그러자고 맘을 먹으니께 가슴 한켠이 썰렁하니 그러드라 구. 그려서 누구한테라두 마지막 염을 보여주면 좀 낫것 다 싶은데, 그때 딱 자네 생각이 나더라구. 가만있자. 헌디, 자네 이름이 뭐라구 했더라?

관객이 자신의 이름을 말하도록 유도한다.
이름을 말하면, 이후 성을 따서 'ㅇ선생'이라고 부른다.
극이 끝날 때까지 큰 역할을 하는 관객이므로 아주 중요한 작업 이다.
편의상 대본에서는 '김선생'으로 호칭한다.

유씨 맞어! 김선생. 내가 나이를 먹어가면서 깜빡깜빡하거든. 젊었을 때는 영특하다는 소리 꽤나 듣고 살었는데. 자네 두 나이 먹어봐. 늙는다는 게 참 서글픈 일이여.

유씨, 관객들을 그제야 발견을 한 듯 김선생에게 묻는다.

유씨 그런디 이 사람들은 다 누구셔? 뭐라구? 전통문화체험단? 한국의 전통문화를 체험하고 싶은 사람들을 김선생이 직 접 모아서 데리고 왔다구? 아이구, 염하는게 뭐 전통문화 라구. 아무튼 반가워요~

유씨, 관객들과 반갑게 인사를 한다.

유씨　　김선생! 내 과거사를 구구절절 늘어놔서 뭣하겠나만 내가 한평생동안 남의 죽은 사람 몸을 추스르며 밥을 먹고 살다보니 별의별 시체를 다 봤어. 사는 모습이 모두 다른 것처럼 죽는 사연도 다양허기가 이루 말할 수가 없거든.

허다 못해 교통사고만 해도 커브 돌다 떨어져 죽고, 급정차 하다 튕겨 나가 죽고, 무리하게 추월하다 무리하게 죽고, 택시에 치여 죽고, 버스에 받혀 죽고, 기차에 깔려 죽고, 관광버스에서 비비다가 죽고, 모두 다르거든.

이런저런 죽음을 많이 접하다 보니께 제 명대로 살다가 죽는 것만큼 복 받은 인생도 없다는 생각이 들어. 그런데 이 나라가 어디 그런 복이라도 호락호락 보장해 주나? 나라 돌아가는 꼴이 산 사람들 살얼음판에 내몬 형색 아녀. 사정이 그러다보니 별의별 죽음이 다 있어.

다리 끊어져죽어, 백화점 무너져죽어, 배 뒤집혀 떼로 죽어. 장가 못가 죽고, 대학 못가 죽지. 성적 떨어져 죽고, 주식 떨어져 죽지. 군인헌테 몽둥이 맞아 죽지. 내 나라에서 미군 장갑차에 깔려 죽지.

그뿐여? 이런 죽음도 있어. 십억씩 백억씩 냠름냠름 받아 처먹다가 배 터져 죽는 놈이 있는가 하면, 그거 쳐다보다가 복장 터져 죽는 놈이 있어. 이꼴저꼴 신경질 난다고 운동장 찾아가서 소리 질러가며 목이 터져라 응원하다 목 터져 죽은 놈, 그 옆에 앉아 있다가 고막 터져 죽은 놈, 그거 보고 기가 맥혀 죽은 놈. 원조교제하다 들켜 쪽팔려 죽는 놈.

공연 보러 와서 졸다가 뒤로 자빠져 뇌진탕으로 죽은 놈, 넘들은 다 재밌다고 보는데 지 혼자 딴 생각하면서 하품하다가 턱 빠져 죽은 놈, 높은 자리만 좋아하다 떨어져 죽은 놈,

"제가 말입니다. 사리사욕을 위해 정치를 하려고 나선 거라면 벼락을 맞습니다. 여러분!" 하고 소리소리 지르다 벼락 맞아 죽은 놈! 이리 죽고, 저리 죽고, 허둥대다 죽고, 바둥대다 죽고, 슬퍼 죽고, 웃겨 죽고, 원통해 죽고, 절통해 죽고, 여럿이 죽고, 지 혼자 죽고, 배고파 죽고, 배 아파 죽고, 배 터져 죽고, 배 맞아 죽고, 환장해 죽고, 속상해 죽고, 속 터져 죽고, 속 시원해 죽고, 심심해 죽고, 바빠 죽고, 지겨워 죽고, 외로와 죽고, 따분해 죽고, 추워 죽고, 더워 죽고, 더러워 죽고, 겁나 죽고, 맛있어 죽고, 좋아 죽고, 싫어 죽고, 이뻐 죽고, 미워 죽고, 귀여워 죽고, 쪽팔려 죽고, 시끄러 죽고… 아이고 숨 막혀 죽겠다. 왜? 웃겨 죽겠어?

게다가 우리나라 어린이 사망원인 1위가 뭔 줄 알어? 제일 원통헌 일이지. 한 번씩들은 경험해 봤을 겨. 금 밟고 죽는 거. 그럼 어른들은? 그렇지! 광 팔고 죽는 거. 왜 넘 죽은 디 가서 제우 광 팔구 죽어? 그냥 곡이나 혀주다 오면 되지.

내가 괜한 소리 하는 것 같지만, 죽는 것도 사는 것처럼 계획과 목표가 있어야 헌다는 겨. 한 사람의 음식 솜씨는 상

차림에서 보여지지만, 그 사람의 됨됨이는 설거지에서 나타나는 법이 거든. 뒷모습이 깔끔해야 지켜보는 사람한테 뭐라두 하나 남겨지는 게 있는 게여.

아이고, 슬슬 일이나 시작해보자. 김선생, 이리 좀 와봐! 이제 시신을 시상판 위로 옮겨야 하거든? 뭐해 빨리 오지 않구. 취재는 공으로 하는 게 아녀.

유씨는 김선생을 불러내어 함께 병풍 뒤로 간다.
함께 시신을 옮긴다.

유씨　조심조심해서 옮기자구! (시상판 위로 옮긴 후) 됐네. 고마워. 가서 하던 일 하시게! 대개들 사람이 죽으면 칠성판에 눕히는 걸루다 알구 있는 모양인디 그게 아녀. 이렇게 시상판에 눕혔다가 습염이 끝난 다음에 칠성판으로 옮기는 게여. 사람이 죄다 꼭 한번은 죽게 돼있는데, 목숨대로 살다가 편안히 가는 게 그렇게 쉬운 게 아니지. 살만큼 살다가 가신 으르신들 염할 땐 그래도 맘이 편해. 그런데 간간이 너무 아까운 죽음들을 보거든. 참 고운 처자를 염할 때두 그렇구…. (옮기는 시신을 안타깝게 쳐다보며) 이렇게 젊은 놈 시신을 수습할 땐 참 마음이 어수선해. 이것 봐. 젊은 놈이 이렇게 가벼워. 살아서 세끼 밥도 제대로 안 챙겨 먹은 모냥여…

유씨, 시신 위에 있는 홑이불을 잘 추스리고 시신을 주무른다.

유씨 사람이 죽으면 제일 먼저 해야 하는 일이 시신이 굳어버리기 전에 손과 발을 주물러서 잘 펴게 하는 수시라는 걸 해야 하네. 이 수시의 절차를 소홀히 하면 시신의 손, 발, 몸이 뒤틀리고 오그라드는 일이 생기기도 하니께, 정성을 다해서 해야 하는 겨. 우리 염쟁이들은 죽은 사람의 몸만 다룬다고 생각하지 않어. 마지막 남은 영혼을 고이 모셔 저승으로 보내드리는 게여 제대로 된 염쟁이는 귀신도 보고 귀신이랑 놀기도 하고 그러거든? 정말여. 지금도 우리 염쟁이들 세계에서는 전설처럼 전해 내려오는 얘기가 있는디 해줄까?

전라도 끄트머리께 조상대대로 염을 해먹고 살던 집안이 있었는디 말여. 그 집안이 유난히 장수 집안이었댜. 그러니 할아버지, 아버지, 아들까지 3대가 사이좋게 염을 허믄서 산 게지. 근디, 이상허게 몇 해 동안에 거쳐 인근지역에서 한 번도 초상을 치르는 집이 생기질 않더랴. 그러니 그 염쟁이 집이 외려 줄초상이 나게 생겼더란 말이지. 그러니 어느 날, 심각허게 가족회의가 벌어졌어. 다 굶어죽게 생겼으니 이 일을 어쩌겠냐구, 온 가족이 둘러 앉아 한 숨을 푹푹 쉬고 있는디 말여.

갑자기 전깃불이 팍 나가더니만 집안 전체가 깜깜해졌는디, 마당 한쪽이 환해지더랴. 사람들이 눈이 휘둥그레져서 처다봤더니, 이태 전인가 객사한 시체를 염해준 적이 있는디, 바로 그 귀신이 거기 떡 버티고 서있더란 게지. 그래서 할아버지 염쟁이가 우덜은 당신한테 잘해줬는디, 왜 은혜도 모르고 해코지냐고 호통을 쳤댜.

그 귀신이 암 소리도 안 허고 있다가, "모월 모일 어느 집에서 상이 날 테니 꼭 그 집에 가서 염을 하시오!"라는 말만 몇 번을 되풀이 하더니 홀연히 사라지더랴. 참, 이게 어느 한 사람이 본거면 헛소리나 개꿈이라고 몰아 부칠 텐데, 온 가족이 다 봤으니 예사로이 넘길 게 아니었단 말이지. 허! 그런데 바로 그 귀신이 말한 날 그 집에서 초상이 난 게여. 그러니 그 식구들 맴이 워쨌겠어? 고개를 갸우뚱해가면서 염을 했지. 수시를 거쳐 반함을 하려구 망자의 일가친척이 시신을 둘러싸고 죄 모여있는디, 분명히 숨이 끊어졌던 그 시신이 하품을 쩍 하믄서 깨어난 게여. 사람 환장할 일이지. 그러니 어떻게 됐겄어. 모였던 사람들이 도망을 가고, 그 자리서 쓰러지고 난리가 날밖에.

근디말여! 그 집안이 대대로 심장이 약했던 모양여. 원래 시신은 살아 났는디, 그 식구들 중에서 자그마치 다섯 명이나 그 자리에서 심장마비로 죽은 게여. 염쟁이 집안은 대박난 게지. 그렇게 해서 그 불경기를 잘 넘겼다는 뭐 그런 얘기여. 진짜냐구? 믿거나 말거나여…

또 한 번은 말여. 작년 가을 일인가? 그때 거 조폭이라구 허는 놈을 염한 적이 있는데, 귀 동냥으로 들어보니까 그

쪽 바닥에서는 한 가닥 했었던 모양이여. 그런데 옷을 벗겨 보니까 아이고 엔간해야지. 대 여섯 군데 찔러서 왔는데… 등짝에는 청룡 황룡이 얼크러져 있고, 양쪽 팔뚝에는 '차카게 살자', '하면 된다'. 배에는 '앞', 등에는 '뒤'. 몸뚱이가 완전히 싸구려 현수막이더라구. 그래도 내 손 거쳐 이승을 하직할 인생인데 정성껏 염을 해줬지.

그랬더니 그날 밤에 찾아와서 고맙다구 인사를 하드만. 빼빼 마른 놈이 뚜벅뚜벅 걸어오더니 넙죽 큰절을 하면서 "영감님 덕분에 곱게 치장허구 가는구만이라. 머시라구 인사럴 혀야쓸런지 워낙 소견이 짧아논 게… 참말로 거시기 해불구만이라." 이러더라구.

고맙기야 나두 마찬가지지. 사실, 그놈 덕분에 그때 돈 좀 만졌거든. 왜 입관할 때 저승길 가는데 쓰라구 노잣돈도 함께 넣어주잖여. 그냥 성의만 표시하면 되는 일을 그 놈 동생이라는 덩치들이 금반지, 금목걸이, 금팔찌, 금시계 죄 풀어서 집어넣고, 수표 집어넣고… 그냥이나 집어넣나? 뭐가 그리 서러운지 엉엉 대성통곡을 하는데 가관이었다니까. "형님, 형님! 으쩌까이! 우리 형님 불쌍해서 으쩌까이!", "나두 형님 따라 갈라네. 형님 이리 갈라믄 나도 데불고 갓쑈.", "아니지라, 이리는 못 죽지라. 나가 반드시 복수 혀불란게 형님 꼭 지켜보쇼이!"

그 중 덩치가 제일 큰 놈은 울다가 실신까지 했는데 그놈 끌어내니라구 고생 꽤나 했지. 어쨌거나 날 찾아왔다는 조폭 귀신이 자기 인생이 어떻네 저떻네. 후회되네 어쩌네 하면서 하염없이 눈물을 흘리는데… 안 됐더라구. 그놈두 그렇게 갑작스레 지가 죽을 줄 알았겠어?

허긴 누구나 마찬가지지. 따지고 보면 이 세상에서 죽는 거만큼 확실하게 정해진 게 없는 건데 말야. 아등바등 과장되고, 부장되고, 사장되고, 회장되면 뭐할껴? 결국 모두 다 송장으로 마감하는 인생인걸. 언제든 후회 없이 죽을 준비를 하면서 살면, 그만큼 자기 인생에 더 진지해지게 될 텐다. 사람들… 참 어리석어.

유씨, 작업함에서 솜을 꺼낸다.

유씨 아무리 기골이 장대하고 젊은 놈이라두 죽으면 썩게 돼 있네. 그럼 어떻게 되냐. 구멍이란 구멍으루 숙물이 흘러나와요. 숙물! 썩은 물말이여. (솜으로 시신의 여기저기 구멍을 막으며) 그래서 이렇게 솜으로 구멍이란 구멍을 죄 막아주는 거지. 아까 내가 시상판에 눕혔다가 염이 끝난 다음에 칠성판에 옮긴다고 했지? 뭐 그렇게 중요한 얘기는 아니니께 그거 기억하고 있다고 잘난 척 할 꺼는 없어. 아무튼 그 칠성판이 왜 칠성판이냐. 거기에 일곱 개의 구멍이 뚫렸는데, 그게 북두칠성 별자리 모양으로다 생겼거든. 그 일곱 개의 구멍으로다 죽은 사람한테서 나오는 숙물이 빠져나가게 되있지. 그래야 뼈가 잘 보존되거든. 또, 망자의 영혼이 하늘의 북두칠성에 편안히 가실 수 있도록 하는 소망이기도 하고. 이제 사자밥을 내고 습을 해야 하네.

유씨, 작은 소반에 술병, 백지 한 권, 명태 세 마리, 짚신 세 켤레, 밥 세 그릇과 약간의 동전을 올려놓는다.

유씨   이게 바로 사자밥이라는 게여. 이게 왜 세 그릇이냐. 사자랑 치타랑 호랭이랑 같이 먹으라구? 그게 아니고, 저승사자가 염라대왕의 명을 받들어 망자의 혼을 데리러 오는디, 그게 세 명이라 이거여.

그러니께 그 저승사자를 대접해 가지구, 망자를 편하게 저승길로 모시고 가라해서 바치는 뇌물이다 이거지. 그렇다고 뭔 대가를 바라고 바치는 뇌물이 아녀. 자고로 뇌물이라 허면 되로 주고 말로 받자는 계산 아닌가? 그러니께 선물하고는 천지차이지. 김선생도 선물 많이 받어 봤지? 잉, 그게 다 뇌물여.

그 빌어먹을 놈들 때문에 우리나라가 뇌물지수 세계 2위랴. 돈 있는 놈들이 권력 있는 놈들헌티 보험에 들듯이 돈을 차떼기로 갖다 바친다는디, 억은 우습고, 백억이라는 돈이 왔다갔다 허는 모양이대. 백억이면 그게 도대체 얼마여?

백억이면 요새 애들 잘 먹는 빈대떡 있잖어. 그려 피자! 2만원씩 허는 피자가 몇 판이나 되겠어? (관객이 대답하면) 그렇치! 50만 판여! (관객에게) 똑똑하시네. 50만 판이믄, 그러니께 매일매일 하루 세끼씩 먹는다구 치면 얼마동안 먹어야 백억 원어치를 먹을 수 있겠어? (대답했던 관객에게 물어본다) 계산 안 되지? 자그마치 456년 하고두 일곱 달 보름을 먹을 수 있어. 백억이 그런 돈여, 백억이! 456년이면 조선왕조 5백년이라고들 허니께 한 나라가 흥망성쇠하는 걸 볼 수 있는 시간이지. 피자 먹으면서.

그런데 그게 결국 누구 돈여? 국민들 돈을 갖구 장사하는 놈들이랑 정치하는 놈들이 나눠 먹는 거 아녀? 나쁜 놈들 지들 딴에는 안 되는 것도 되게 하는 게 뇌물이라고들 생각하는 모양인디, 어림없는 소리여. 달도 차면 기울기 마련이고, 열흘 넘어 붉은 꽃 봤어? 결국 다 쇠고랑 차는 꼴을 보면 한 치 앞을 못 보는 어리석은 종자들여. 지렁이가 구렁이 될라구 뇌물 썼다가, 결국 구더기가 똥파리 된 꼴이지. 자고로 고름이 피 안 되구, 때가 살 되는 법 없는 겨. 어이구 내가 사설이 길었다. 어여 다음으로 넘어가세.

유씨, 향탕수 그릇과 깨끗한 천을 챙긴다.

유씨 이게 바로 향탕수라는 건디, 향나무나 쑥을 삶아낸 물여. 이걸로다 시신의 몸을 깨끗하게 닦아 드리는 걸 습이라구 허네. 습염은 입관하기 전에 시신을 깨끗허게 닦어 드리고 수의로 갈아 입힌 다음 입관 때까지의 절차로, 염습 또

는 그냥 염이라고두 햐. 염은 다시 소렴하구 대렴으로 구
분되는디, 그건 나중에 따로 말해줌세.

장례절차라는 게 참 복잡허네. 상주의 예가 따루 있고 문
상객의 예가 따루 있는데 그게 또 수 백 가지로 나눠져요.
난 염쟁이로 평생을 살었어두 그런 거 따지지 않네. 그저
마음인 게지. 죽은 사람을 한 번이라도 더 볼려고 먼 길을
찾아온 사람이면 곡을 하던 뭣을 하던 자기 방식대로 슬
퍼하면 되거든.

김선생! 자네 곡은 헐 줄 아나? 곡도 못혀? 내가 자네보고
작곡을 허라구 혔어, 편곡을 허라구 혔어. 그냥 에고에고
소리만 내믄 되는 걸, 그걸 못혀서 이짝저짝 눈치만 보구
멀뚱거리나? 한번 따라 해보셔. 에고, 에고. 좀 크게! 에고
에고!

유씨, 관객들에게도 곡을 하도록 유도한다.

유씨   뭐혀? 노느니 한 번씩들 해봐. 어영부영 좀 허지 말고 하
는 것처럼 해보라구. 첨에만 쑥스럽지 헐만햐. 학교에서
배우는 건만 배우는 게 아녀. 이렇게 배워놓으면 다 써먹
을 데가 있는 겨. 자네가 살면서 앞으로 겪을 죽음이 한두
번인 줄 아나? 어디 안 죽는 사람 있어? 이번에는 화음에
맞춰서 한번 해보자구!

관객을 몇 개의 팀으로 나누어 곡을 한다.

유씨 잘들 하셨네. 자, 이제 반함을 해야 돼. 염을 하기 전에 시신의 입 안에다가 구슬이나 엽전, 물에 불린 쌀을 떠 넣어 주는 건디…

유씨, 주변을 뒤지며 뭔가를 찾다가 당황한다.

유씨 잠깐만 기다려봐. 이게 어디 갔나? 내가 깜빡했구만. 조금만 있어. 내 금세 가지고 나올 테니. 하여튼 이 정신머리하고는.

유씨, 중앙에 설치된 병풍 뒤로 간다.
곧바로, 병풍의 반대편으로 장 이사가 나온다.
장 이사, 주변을 두리번거리며 유씨를 찾는다.

장이사 계십니꺼? 유 사장님! 이 노친네 또 어데 갔노? (관객을 발견하고) 오늘 뭔 일 있나? 사람들이 억수로 많이 모였구마.

장이사, 신이 나서 관객들에게 명함을 돌린다.

장이사 연락 함 주이소. 차세대 장의대행전문업체 〈천국으로 가는 계단〉 '장사치'이삽니더. 그냥 장 이사라꼬 불러주이소.

언제든지 연락만 주이소. 발상, 부고에서부터 삼우제까지 장의일체를 완벽하게 대행해 드립니다. 곡도 대신 해주고, 손님접대는 물론, 상주가 엄스모 상주도 빌리 드립니다. 최고의 관, 최상의 수의, 주야 24시 항시 대기, 수의 염가 제공, 아름다운 꽃상여로 천국으로만 모십니다. 사사사에 사사사사, 따블유따블유따블유 쩜 골로가 닷컴! 연락만 주이소.

(관객 하나를 보고) 아니 이거 박 형사님 아니십니꺼? 아이구마 지난번에는 참말로 고마웠십니다. 관광버스 전복사고 때 박 형사님이 즉각 연락 주셔서 25명 차떼기로 장례 치뤘다 아닙니꺼. 앞으로도 종종 연락 주이소.

(다른 관객에게) 이게 누고? 병복이 아니가? 아따야 반갑다. 내다 내, 사치 유치원 동창 사치, 기억 나제? 니 요즘 뭐하고 지내노? 뭐라? 한국병원 사무장이라꼬? 억수로 반갑데이. 너네 병원 말기암환자들 많제? 연락 좀 주그래이. 그나저나. 유 사장님은 어디 가셨는교? 오늘은 꼭 만나야 하는데. 몇 십번을 와도 한 번을 못 만났데이. 지는요, 유 사장님이야 말로 참말로 훌륭하고또 고귀한 위인이라꼬 생각합미다. 하모요! 이 일만큼 보람되고 신성한 직업이 세상에 또 어데 있겠습니꺼? 그라고! 사람들이 직업에 귀천이 없다카는데 그기 아닌기라요. 귀천! 염하는 일! 이기 바로 귀천이라 이깁미더! 잘 들어보이소.

잔잔한 음악이 흐르고, 장사치는 한껏 분위기를 잡는다.

장사치 내는 고마 하늘로 돌아갈끼다. 새벽에 와 닿으마 뽀사지는 이슬 대불고, 손에 손을 잡고, 내는 고마 하늘로 돌아가 버릴끼다. 노을빛 대불고 단 둘이서 기슭에서 놀다가, 구름이 이래 손짓하모 내사마 하늘로 돌아가 버릴 끼다. 아름다운 이 세상 소풍 끝내는 날. 가서, 억수로 아름다웠더라고 말할 끼다.
이기 바로 귀천 아인교? 하늘로 돌아가 삐리는 거! 그걸 도와주는 기 바로 우리들의 일이라 이깁니다. 그라이 이 일이 귀천 아이고 뭐겠는교? 그나저나 이 양반이 어있노?

장사치는 유씨를 찾아 병풍 뒤로 간다.
반대편에서 유씨가 불린 쌀이 담긴 대접을 들고 나온다.

유씨 뭔 소리여? 누가 왔어? (김 선생이 들고 있는 명함을 보더니 화를 내며) 아니 이놈이 왔어? 이런 미친 놈! 와서 뭐라든가? 뻔하지. 장의 사업이 어떻네 저떻네 돼도 않는 소리나 지껄였겠지. 망할 놈! 세상이 아무리 돈이면 만사가 장땡이라지만, 어떻게 시체까지 돈으로 보냔 말여. 이놈 어디 갔어? 내 이놈을 그냥!

유씨, 병풍 뒤로 들어간다.

유씨와 장사치 마주친 설정.

장이사 유 사장님 여기 계셨습니꺼? 한참 찾았십니더.

유씨 이놈아! 네가 왜 날 찾아?

장이사 다시 한번 생각해보이소 암만 사방팔방에 고객이 지천으로 널렸다 캐도 그게 다 돈으로 연결되는 게 아닌 기라요. 요즘 같은 경쟁시대야말로 공격적인 마케팅! 이기 중요한 기라요. 그라이 지하고 전국적인 장의 체인망을 만들어가 꼬 한 몫 단디이 잡아보입시더.

유씨 이놈이 그래도 정신을 못 차리고! 당장 꺼져! 못 꺼져! 에라이!

장사치 유 사장님요! 와 이러십미꺼? 내가 생선도 아이고 .퉤퉤! 아이고 짜거라! 그만 좀 하소. 가면 될 거 아이가!

유씨, 분을 삭이지 못한 채 나온다.

유씨 가라 가, 이놈아. 아무리 세상에 별의별 인간이 다 모여 산다지만, 죽음을 돈으로 흥정하는 것들은 사람도 아녀! (숨을 고르며) 근데 참 이상허네. 왜 저놈만 왔다 가면 내가 숨이 차.

유씨, 물에 불린 쌀이 담긴 그릇과 버드나무를 깎아 만든 숟가락을 들고 반함을 준비한다.

유씨	지금부터 하는 걸 반함이라고 허네. 염을 하기 전에 시신의 입에 구슬, 엽전, 물에 불린 쌀 같은 걸 떠 넣어 주는 게지. 이렇게 쌀을 넣어주는 이유는 먼 저승까지 갈 동안의 양식을 마련해 주는 게여. 처음에는 입의 오른쪽에, 이어서 입의 왼쪽, 맨 나중에는 입의 한 가운데, 이렇게 세 번 떠 넣어주네. 따라들 하시게.

유씨가 먼저 소리를 하고 관객들이 따라하게 한다.

유씨	"백 석이요.", "천 석이요.", "만 석이요."
	이제 소렴을 혀야지. 시신에다 수의를 입히는 걸 말혀. 소렴을 하기 전에 준비해야 될게 한두 가지가 아녀. 복건, 망건, 두건, 멱목, 충이, 악수, 속적삼, 속바지!
	김 선생! 내가 왜 염쟁이가 되었는지 알어? 사람들은 외아들이니께 가업을 물려 받은 거 아니겠냐고들 허지만, 처음부터 그러려던 건 절대 아니었네. 어떤 놈이 이런 일을 허구 싶어 허겠나? 아버진 죽어라 시킬라구하구, 난 죽어라 안 할라구 도망다니구.

유씨는 아버지와 젊은 시절의 자신으로 역할을 바꾸어 가며
당시의 상황을 보여준다.

유씨아버지	네 아부지, 할아부지, 증조부, 고조부까지도 하신 일인

디, 왜 너는 못하것다는겨?

젊은 유씨 고조부, 증조부, 할아버지, 아버지까지 하셨으면 할 만큼 한규. 전 안 해도 되잖어유.

유씨아버지 헐 만허니께 허라구 허는겨!

젊은 유씨 안 헐만허니께 안 헌다는규!

유씨아버지 이 일이 우스워보이는 모양인디 네 선조들께서는 역사와 함께 염을 해가며 초개와 같이 스러져가셨다. 워낙 천히 여기던 일이라 문헌에는 전해지지 않지만, 우리 17대조 할아버님이신 유개동 으르신께서는 이순신 장군의 시신을 수습하셨는디, 장군께서 당신 염하는 걸 적에게 알리지 말라고 하셔서 아주 비밀리에 염을 치루셨다고 들었다. 방패 뒤에서.

오죽하면 율곡선생께서 '십만염병설'을 주장하셨겠냐? 또 6대조 할아버님 유팔복 으르신은 동학군을 따라다니며 농민군 시신을 수습하시던 종군 염쟁이셨는디, 그 모습을 보고 감동 받은 동학교주가 '염쟁이가 곧 하늘이다'라는 염내천사상을 설파하셨다고 전해진다. 이래도 이 일을 우습게 볼겨?

젊은 유씨 사실이라쳐두 옛날 얘기잖유. 한 시절 그리 잘 살았으면 된규.

유씨아버지 증조부는 네 할아버지가 염해서 저승길 보내드렸구, 네 할아버지는 내가 곱게 염해서 저승길 보내드렸다. 헌디 나는 딴 사람 손에 내 마지막 육신을 맡겨야 하겠냐?

젊은 유씨   그거라믄 걱정 마셔유. 아버지 염은 지가 해드릴 테니께. 서당개두 삼년이면 공자왈 맹자왈 풍월을 읊는다는디, 그 까짓 거 못허것슈?

유씨아버지   그려? 그럼 딱 삼년만 이 애비 따라 댕겨라. 그 담에는 억지로 붙잡지 않을 테니께.

현재의 유씨로 돌아온다.

유씨   말 한번 잘못했다가 덜미를 잡힌 게여. 허지만 나두 오기가 있지, 그야말로 딱 삼 년 동안만 아버지를 따라다니다가 내뺄려구 맘을 먹었는데… 삼 년째 되던 해에 그만 아버지가 덜컥 병이 나신 겨. 자꾸 속이 더부룩하고 소화가 안 된다고 하시길래 병원에 한번 가보시라구 했드니만 위암인디 얼마 못 사신다구 하시대… 한참을 말없으시던 아버지…

다시 아버지가 된다.

유씨아버지   너한테 이 애비가 형편 읎이 보였을란지는 몰러두 나는 내 깜냥껏 열심히 살었다. 후회읎다 이거여. 결국 사람덜이 잘 살라구 허는 이유가 뭐겠냐? 다 잘 죽을라구 그런 거 아녀? 좋은 삶은 좋은 죽음으루다 마무리 되는 게여. 나는 그렇게 믿는다. 부탁허마. 잘 죽게 해다오."

현재의 유씨로 돌아온다.

유씨   우리 아버지 그러구나서 보름 만에 돌아가셨는디, 표정이 어찌나 편안해 보이던지 암으로 돌아가신 양반 같지가 않어. 그걸 보니께 후회 읎이 사셨다는 말씀이 거짓말이 아니었구나 싶드만. 그때부터 염쟁이가 됐네. 이 사람만 염하구 관둬야지, 관둬야지 하면서도 이 짓을 그만두지 못하고 여까지 오게 된 겨. 그사이 늦장가두 들고 아들도 하나 낳구.

그런데 말여. 재미있는 일은 내가 그렇게 염쟁이가 되는 게 싫었으니께 내 아들놈만큼은 죽어도 염쟁이를 만들지 말아야겠다 결심을 했지. 그런데 이놈은 이상하게두 어려서부터 놀이만 했다하면 '시체놀이'요, 노래를 불렀다 하면 '장송곡'만 불러요. 그러더니 고등학교를 졸업하자마자 염을 하겠다고 따라 나서겠다는 거여.

유씨는 과거의 유씨와 자신의 아들이 되어 당시 상황을 보여준다.

과거 유씨   이놈아! 니 아버지가 했구 내 아버지인 네 할아버지도 하셨구 증조부 고조부까지 대대로 이어져 온 천한 일여 이제 이런 천한일은 내 대에서 그만 끝내자 응?

유씨 아들   고조부 증조부도 하셨구 그 아들인 할아버지도 하셨고 또 그 아들인 아버지까지 하셨는디 왜 저만 못하게 하시는 거유?

과거 유씨 이놈아 할 만한 일이 못 되니께 하지 말라고 하는 거여

유씨 아들 하고 싶으니께 하겠다는 거유.

과거 유씨 그럼 좋다. 딱 삼년만 객지생활 하다 와라. 그때도 니 맘이 변하지 않으면 내가 억지로 말리지 않으마.

현재의 유씨로 돌아온다.

유씨 그렇게 억지로 쫓듯이 내보냈어. 그렇게 나간 놈이 삼 년이 지나고 사 년 오년 칠 년이 넘어서도 올 생각을 하지 않어. 허허, 그렇지. 아무리 힘들고 어려운 일을 한다고 해도 염쟁이만 못하겠어? 그래 잘했다 잘 생각했다. 헌데 그러던 놈이 구 년 만에 돌아왔는디. 허허 나참 기가 막혀서… 그 얘긴 그만 하세. 내가 집안 얘기를 너무 장황허게 늘어 놓았네.

유씨, 시신 밑에 깔았던 지금으로 시신을 싼다.
길게 놓은 장포의 양쪽 끝을 조금씩 찢어 위에서 아래로 잡아 당겨 매고, 가로로 놓은 속포를 일곱 가닥으로 끊는다.
각 가닥의 양쪽 끝을 각각 다시 세 쪽으로 째서 발에서부터 차례로 양쪽 가닥을 잡아 힘껏 동여맨다.

유씨 사람은 누구나 한 번은 죽어. 그런디 죽어서 땅에만 묻혀

버리고, 살아남은 사람의 가슴에 묻히지 못하면 그건 잘 못 죽은 게여. 또 남아 있는 사람한테도 한 사람의 죽음을 어떻게 받아들이느냐는 중요한 게여. 가슴에 안느냐, 그냥 구경거리로 삼느냐. 억울한 죽음 앞에서 구경꾼처럼 구는 사람들은 종국에는 자기 죽음도 구경거리로 만들고 마는 법이지.

이렇게 허믄 소렴이 끝나게 되지. 자, 이제 마지막으로 대렴을 해보세. 소렴을 마친 시신을 대렴포로 싸서 관에 넣는 의식을 말허네. 원래는 소렴을 한 다음날, 그러니께 고인이 사망한 지 사흘째 되는 날 새벽녘 동틀 무렵에 하는데, 요새는 그냥 쭉 연결해서 하네.

옛날에는 부모가 회갑이 지나면 이미 관재를 준비하고 옻칠을 혀서 소중히 보관했다가 사용을 하곤 혔네. 요즘에도 그런 풍습이 남아있어서 나이 드신 분들은 수의를 직접 준비하지? 자식들이 그걸 보고 왜 이런 걸 기분 나쁘게 준비하느냐고 막 뭐라고들 하는데 그게 그럴 것이 아녀. 죽음을 준비한다는 것은 남은 생을 좀 더 보람 있고, 의미 있게 살겠다는 표현의 방식이거든.

자, 이렇게 염 절차는 거개가 끝난 게지. 이제는 입관을 해야 하네. 김 선생, 나 좀 한 번만 더 도와주시게.

유씨, 김 선생의 도움을 받아 시신을 관으로 옮긴다.
김 선생을 들여보내고, 잠시 의자에 앉아 쉰다.

유씨	예전에 한번은 입관까지 마치구 나서 못질을 할려구 하는 찰나에, 자식들이 와서 잠깐만 작업을 멈추라고 한 적이 있었어. 첨에는 자식들이 즈이 아버지 얼굴 한 번 더 볼라구 그러는 줄 알고, 인제는 관뚜껑을 열어두 볼 수 없노라고 말해줬지. 이렇게 꽁꽁 싸놨으니께 안 그런가?

그랬는데도 한사코 뚜껑을 열자는 게여. 그러니 어쩌겠는가. 자식들 맘이 정히 그렇다면 그렇게 허라구 하구선 관뚜껑을 열어주고 나는 한 켠으로 비켜 서서 담배를 한대 꼬실리구 있는디, 이 자식놈들이 아버지 관 주변에 빙 둘러서서는 한참을 뭐라구뭐라구 해쌌는디, 분위기가 백분토론이 따로 없어. 가만 있자. 좀 더 리얼하게 한번 재현해볼까?

유씨, 관객들 중에서 남자 둘과 여자 둘을 불러낸다.
관 주위에 각각의 동작을 취해주며 당시의 상황을 만든다.
먼저 남자관객 한 명을 관 끝에 세운다.

유씨	다른 형제들을 설득하는 큰 아들.

여자 관객을 그 옆에 세운다.

유씨	시종일관 훌쩍거리는 며느리.

또 다른 관객에게는 담배 피우는 시늉을 시킨다.

유씨　　담배만 뻑뻑 피워대는 작은 아들.

다른 여자 관객을 관을 싸안고 주저앉게 한다.

유씨　　관을 붙잡고 '아버지, 아버지' 우는 막내 딸.

네 명의 관객이 재현을 하는 동안 유씨는 잠시 의자에 앉아 지켜본다.

유씨　　참말로 돌아가신 양반 복도 많다 싶었지. 저렇게 장성한 자손들에 둘러싸여서 세상을 하직하니 말여. 난 아들놈 한 놈 밖에 없거든. 이 생각 저 생각 하믄서, 한동안 멀찌감치 떨어져서 구경만 하고 있는디, 큰아들이 나한테 쏙 오는 거.

이후, 유씨는 자식으로 설정된 관객의 뒤로 가서 역할을 바꿔가며 당시 상황을 재연한다.

맏아들　（남관객1) 저 아저씨! 잠깐만요! 문제가 생겼습니다!
유씨　　문제라니?
맏아들　（남관객1) 염하신 걸 다시 원상복구 해야겠습니다.

유씨   왜? 염헌 게 맘에들 안 드시나?

맏아들   (남관객1) 그런 게 아니라, 아버지 뱃속에서 꺼내야 될게 좀
             있습니다.

유씨   (말을 제대로 못 알아듣고, 태연하게 관 속을 들여다보며) 그려? 관
             속에 뭐가 쓸려 들어갔나? 난 못 봤는디?

며느리   (여관객1) 노인네 귀가 어떻게 됐나? 관 속이 아니라, 뱃속
             이라니깐요!

유씨   (깜짝 놀라) 뭐여?

둘째아들 (남관객2) 영감님, 저희 아버님이 평생을 점잖게 살아오신
             분인데 그만, 막판에 알츠하이머병에 걸리셨지 뭡니까?

유씨   그게 뭔디? 불치병여?

둘째아들 (남관객2) (비통하게) 불치병이죠. 치매… 노망이 나신 겁니다.

유씨   자제분들이 고생이 심했겄구만. 근디 그게 돌아가신 마당
             에 뭔 상관이랴?

며느리   (여관객1) 정신 나 있으실 때 작성한 유언장을 잡수셨잖아
             요! 요 근래에는 이것저것 막 주어 잡수셨다구요. 그러니
             까, 분명히…

딸   (여관객2) 올케가 제때제때 진지상 올렸으면 왜 이것저것
             주어 잡쉈겠어요? (관위에 엎드려 과장되이 통곡하며) 으아악!
             불쌍한 아버지! 절대로 아버지를 두 번 돌아가시게 할 수
             없어! 아버지! 제가 아버질 지켜드릴께요.

맏아들   (남관객1) 네가 아무리 그래도 아버지 재산을 똑같이 삼등
             분 할 수는 없다구.

며느리   (여관객2) 그럼요. 아버지가 장남을 얼마나 끔찍하게 여기
          셨는데. 그리구 마지막까지 병수발하며 모신 게 누구냐구
          요? 염치가 있어야지.

둘째아들 (남관객2) 장남만 아들입니까? 그러니까 가르자구요!

며느리   (여관객1) 그래요! 이런저런 군소리 안 나오게 깔끔하게 가
          르자니까요!

유씨   (관객에게) 콩가루, 콩가루… 그런 콩가루 집안은 첨 봤네.
          그깟 재산이 뭐라구, 아버지 시신 옆에서 요 생지랄들을
          떨어대느냔 말여.. 그런데 막내딸이 나한테 슬금슬금 다가
          와서 이러더구만.

딸   (여관객2) (코를 팽 풀며) 영감님! 저희들한테 실망하셨죠? 어
          떻게 돌아가신 아버지를 또 힘들게 할 수 있겠어요. 그러
          니까 영감님이 좀 도와주세요. 예?

유씨   내가 무슨 수로 도와? 난 갈라네.

딸   (여관객2) (주머니를 뒤적거려 종이를 꺼내어 내밀며) 진짜로 아버
          지 배 가르지 마시구, 요게 나왔다구 하시면 돼요. 제가 나
          중에 섭섭지 않게 사례할게요. 정말 저는 아버지를 더 이
          상 욕보이고 싶지… 흐흐흑!

유씨, 현재 상황으로 돌아온다.

유씨   그래도 딸년이 그 중 낫구나 싶었지. 이왕 이렇게 된 일,
          도와줄 요량으로다 사람들을 다른 데 가서 기다리라구 혔

지. (관객들에게 들어가 앉으라고 하며) 수고하셨어. 그리고 나서, 그 쪽지를 펼쳐보니께 허이구…. 그 막내 딸년 보통이 넘어! 아버지 재산을 반 넘게 지 앞으로 남긴다구 써놨드라구. 그래서 내가 어떻게 했는 줄 알어? 내 맘대루 다시 썼지.

유씨, 자신이 아버지가 된 듯 한 사람씩 세워가며 유서를 읽어 내려간다.

유씨   (남자관객 1에게) 큰 애야! 고향에 있는 선산 있잖냐? 그게 제법 값이 올라 큰 돈이 된다… 고 하길래 팔아서 좋은 데 썼다. (여자관객 1에게) 며늘아! 시내에 있는 알짜배기 금싸래기 땅에 지은 건물 말이다. 임대료만 받아도 꽤 될 텐데, 지금은 망해서 개뿔도 없다. IMF가 웬수다. (남자관객 2에게) 그리고 둘째야! 너한테는 나의 가장 소중한 재산을 주마. 좋지? 아버지의 재산은 근면과 성실이다. 그걸 다 너한테 주마. (여자관객 2에게) 이제 막내야! 잘 들어라. 애비 방 금고 번호는 36-24-36이다. 열어보면 알겠지만 아무 것도 없다. 너 시집보낼 때 다 썼다.

유씨, 현재의 상황으로 돌아온다.

유씨   길길이 날뛰는 자식 놈들을 쫓아내듯이 내보냈네. 냄새가 나서 견딜 수가 있어야지. 죽은 사람 썩는 냄새보다 더 구역질나고 더러운 게, 산사람 썩는 냄새여. 요새 돌아다녀 보면 여기저기서 썩는 냄새가 나. 자기 몸 한 귀퉁이가 썩는 줄도 모르고 돌아다니는 시체가 한둘인 줄 알어?

도둑질, 강도질이 별거여? 남이 번 돈 지멋대로 쓰는 게 바로 도둑질여. 그건 부모 자식 간에도 마찬가지여. 돈이란 건 자기 힘으로 벌어서 써야지, 다른 사람이 번 돈을 가로채면 그때부터 썩어. 돈만 썩나? 지 정신도 썩고 지 몸도 썩어.

그때 일을 떠올리면 난 남길 재산이 한 푼도 없다는 게 오히려 복이다 싶네. 허기사 재산이 있어두 그걸 줄 자식도 없으니… 뭐? 자식 있잖느냐구? 아까 말한 아들놈? 있지. 아니, 있었지.

유씨, 갑자기 다급한 목소리로 아들의 이름을 부르며 판을 헤맨다.

유씨   상식아! 상식아!

높은 곳에 있는 아들을 발견하고는 위쪽을 향해 부르짖는다.

유씨   야, 이놈아! 거기서 뭐허냐? 얼른 내려오지 못햐!

누군가 밀쳐낸 듯 나동그라져 엉덩방아를 찧는다.

유씨	어이쿠! 야, 이놈들아! 애비가 자식 좀 만나겠다는디, 왜 막구 지랄들여? 그려, 내가 저놈 애비여! (위를 향해) 상식아! 일단 내려와라. 그냥 가긴 뭘 그냥 가? 얼른 내려오라니께! 이놈아, 아무리 그래도 목숨 내놓고 이러는 거 아녀. 말로 하면 되잖여! 살아서도 못할 일을 죽어서 어떻게 허겠다는 겨? 네가 이런다고, 너 하나 죽는다고 시상이 바뀌냐? 이게 어디 사람 하나 죽는다고 해결될 일여? 미련한 짓 그만두고 어여, 어여 내려와.

옆의 사람에게 애원한다.

유씨	저놈이 저럴 놈이 아뉴. 그건 내가 잘 알어유. 내가 애비니께. 오죽하면 저놈이 저러겠습니까? 아무리 그래두 일단 사람을 살려 놓고 봐여야할거 아뉴. 사장이든 누구든 와서 얘기 좀 하라구 해유. 살살 달래서 내려오게 하면, 그담엔 내가 잘 타일러서 알아듣게 얘길 헐 테니께. 저러다가 떨어지기라두 하면 어떡한대유.

바닥에 주저앉는다.

유씨	이럴 거면 차라리 애비랑 염이나 허믄서 살자. 산 사람헌티 속구 무시당하믄서 살 거 읎다. 내가 평생을 죽은 사람 몸뚱이 수습하면서 살았지만, 자식 죽는 꼴은 못 본다. 상

식아! 상식아!

유씨, 비명을 지르며 시선이 위에서 관 쪽으로 옮겨진다.
조명, 관 위로 떨어진다.
현재의 유씨로 돌아온다.
유씨, 관 속의 아들을 쓰다듬는다.

유씨   상식아. 기억 나냐? 느이 엄마 죽고 나서, 내가 할 수 있는
게 뭐가 있었겠냐. 고작 간신히 밥이나 해서 여기저기 일
하러 갔던 상갓집에서 들고 온 반찬쪼가리 놓고 겨우 끼
니 흉내만 내는 거였다. 그래도 넌 참 맛있게 밥 한그릇씩
뚝딱허니 비우곤 했었지. 그게 그냥 고마우면서도 미안
해서 "야 이놈아! 향 냄새 범벅이 된 나물이 그리도 맛나
냐?"하고 통박을 줬더니, 네가 그랬지? "향 냄새가 아부지
냄새랑 똑같아서 더 맛나유." 상식아, 넌 이 애비한테 주고
간 게 많다. 그러니, 딴 사람은 몰라도 나한테는 조금도 미
안해하지 말고 편히 가라. 죽는다는 건, 생명이 끝나는 거
지 인연이 끝나는 게 아니다.

유씨, 아들의 물건들을 관 속에 넣는다.
가지고 놀던 인형, 노동복…

유씨   난 천상 염쟁이 팔잔개비여. 아버지 염 허는 걸로 시작혀서,

자식놈 염허는 걸로 마감 하는걸 보니… 죽어 석 잔 술이
살아 한 잔 술만 못하다구들 허구, 어떤 이는 개똥밭에 굴러
도 이승이 좋다고들 허는데, 사실 죽음이 있으니께 사는 게
소중하고 귀하게 여겨지는 게여. 하루를 부지런히 살면 그
날 잠자리가 편하지? 살고 죽는 것도 마찬가지여.

유씨, 관에 못질을 한다.
초와 향, 술잔이 담긴 소반을 들고 나와 관 앞에 놓는다.

유씨   김 선생! 이놈이 장가를 못가서 술 한 잔 올리고 절 한 번
해줄 사람이 없네. 자네가 좀 해줄 텐가?

김 선생, 나와서 향을 켜고 술을 올린 후 재배를 한다.
유씨, 김 선생의 손을 잡고 감사의 인사를 한다.

유씨   김 선생하고 여러분 덕분에 이놈 마지막 길이 외롭지 않
았네. 고마우이. 모두들 고마우이.

유씨, 마지막 뒷정리를 한다.

유씨   공들여 쌓은 탑도 언젠가는 무너지지만, 끝까지 허물어지
지 않는 건 그 탑을 쌓으면서 바친 정성여. 산다는 건 누
구에겐가 정성을 쏟는 게지. 죽은 사람 때문에 우는 것도

중요허지만, 산사람들을 위해서 흘리는 눈물이 더 소중한 게여. 삶이 차곡차곡 쌓여서 죽음이 되는 것처럼 모든 변화는 대수롭지 않은 것들이 보태져서 이루어지는 법이여. 죽는 거 무서워들 말어. 잘 사는 게 더 어렵고 힘들어.

유씨, 주변을 훑어보고 나간다.
'염쟁이 유씨'의 주제가가 흐른다.
조명이 꺼지고, 관 앞의 촛불과 향만이 타오른다.

주제가　잘들 가시게 어서 가시게
　　　　　살아생전 나쁜 기억 향탕수로 씻어내고
　　　　　곱디고운 수의 입고 칠성판에 편히 누워
　　　　　고단했던 세상살이 꿈이려니 생각하고
　　　　　어서 가시게 좋은 데로만 가시게

　　　　　울지 마시게 어서 가시게
　　　　　발목 잡는 세상 인연 곡소리에 묻어두고
　　　　　한 많았던 몸뚱일랑 모두 내게 맡기고
　　　　　넋과 혼일랑 훨훨 날아 훠이훠이 날아
　　　　　어서 가시게 좋은 데로만 가시게

　　　　　망자는 말이 없고 염쟁이 저 혼자서
　　　　　죽은 사람을 염하자 썩은 세상을 염하자

저승문이 열리듯 새 세상이 열린다.

끝.

한국 희곡 명작선 127

염쟁이 유氏

초판 1쇄 인쇄일   2022년 11월 1일
초판 1쇄 발행일   2022년 11월 7일

지 은 이   김인경
만 든 이   이정옥
만 든 곳   평민사
　　　　　서울시 은평구 수색로 340 〈202호〉
　　　　　전화 : 02) 375-8571 / 팩스 : 02) 375-8573
　　　　　http://blog.naver.com/pyung1976
　　　　　이메일 pyung1976@naver.com
등록번호   25100-2015-000102호
ISBN   978-89-7115-069-6 04800
　　　　　978-89-7115-663-6 (set)
정　　가   7,000원

이 책은 사단법인 한국극작가협회가 한국문화예술위원회의 2022년 제5회 극작엑스포
지원금을 받아 출간하였습니다.